致和我分享热爱科学之心的爸爸。——凯特·辛普森

致坚持不懈克服引力的莫莉和莫提。——安迪·哈迪曼

First published by Allen & Unwin, Australia, in the English Language, 2022

Published in agreement with Allen & Unwin, through The Grayhawk Agency Ltd.

版权贸易合同登记号 图字：01-2023-4501

图书在版编目（CIP）数据

哎哟！苹果掉下来了！ /（澳）凯特·辛普森（Kate Simpson）著；（澳）安迪·哈迪曼（Andy Hardiman）绘；冯翀译. --北京：电子工业出版社，2024.1

ISBN 978-7-121-46483-6

Ⅰ.①哎… Ⅱ.①凯… ②安… ③冯… Ⅲ.①儿童故事－图画故事－澳大利亚－现代 Ⅳ.①I611.85

中国国家版本馆CIP数据核字（2023）第196013号

审图号：GS京（2023）2124号

本书插图系原文插图。

责任编辑：张莉莉

印　　刷：北京利丰雅高长城印刷有限公司

装　　订：北京利丰雅高长城印刷有限公司

出版发行：电子工业出版社

　　　　　北京市海淀区万寿路173信箱　　邮编：100036

开　　本：889×1194　1/24　印张：3.5　字数：20.4千字

版　　次：2024年1月第1版

印　　次：2024年1月第1次印刷

定　　价：49.80元

凡所购买电子工业出版社图书有缺损问题，请向购买书店调换。若书店售缺，请与本社发行部联系，联系及邮购电话：（010）88254888，88258888。

质量投诉请发邮件至zlts@phei.com.cn，盗版侵权举报请发邮件至dbqq@phei.com.cn。

本书咨询联系方式：（010）88254161转1835，zhanglili@phei.com.cn。

哎哟！
苹果掉下来了！

[澳大利亚] 凯特·辛普森 著　[澳大利亚] 安迪·哈迪曼 绘　冯翀 译

电子工业出版社

Publishing House of Electronics Industry

北京·BEIJING

他是艾萨克·牛顿。

也许有人会告诉你，
就在此刻，引力首次被发现了。

实际上，早在牛顿之前，人们就已经察觉到引力了。

哎哟！

哎哟！

甚至你自己也发现过引力。

引力会把各种东西拉到一起。

当这些物体都很小时，引力的作用并不明显。

这对我们来说很幸运，要不然的话……

路线错误

哎哟！

可能会有点麻烦。

如果一个物体 **很大**……

不，我是说真的 **很大**……

不，我的意思是，

真的非常大……

对，差不多就像这样！

当这个物体像我们的地球、月亮，
甚至太阳一样 **巨大** 时，

引力 就会变得非常强。

我们将无法忽视它的存在。

地球的引力把地球上的万物都**向下**、
向着地球中心拽，而太阳的引力会让各个
行星都围绕着它不停运动。

如果没有太阳的引力拉扯，地球将向着遥远
的**宇宙深处飞去**，很快就会变得又黑又冷。

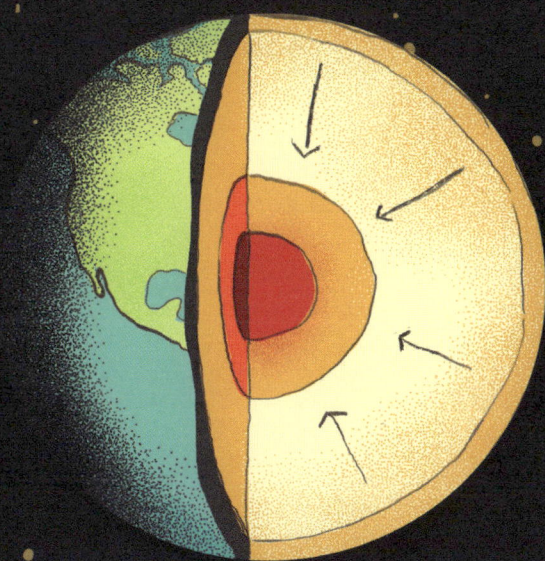

我想你肯定也觉得还是我们现在的环境更好吧！

引力的牵引作用让我们能感受
到各种物体的重量。

掂一下这本书。**它有多沉？**

假如你站到太阳表面，这本书
会变得和一块砖头那样沉。
为什么呢？

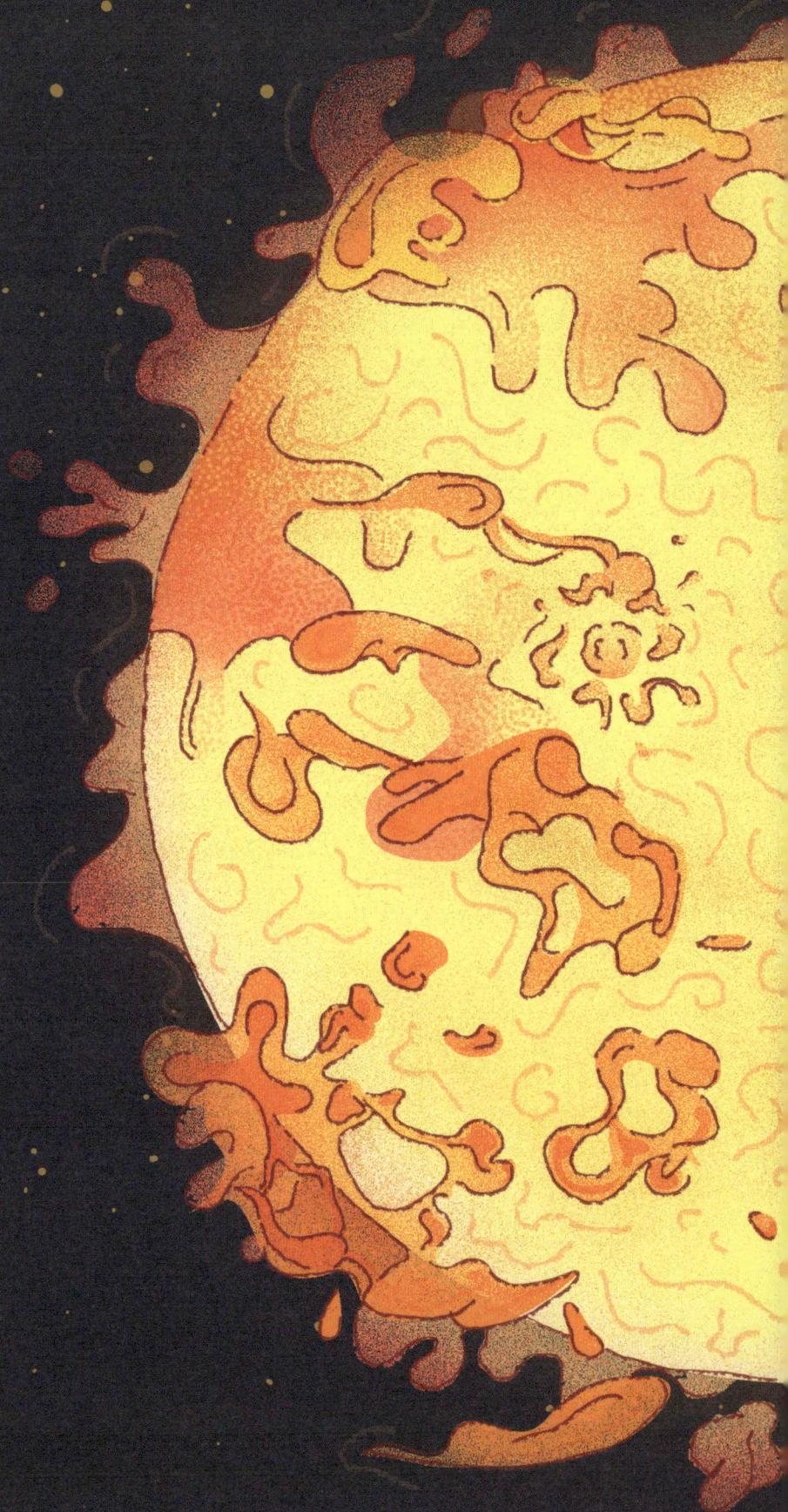

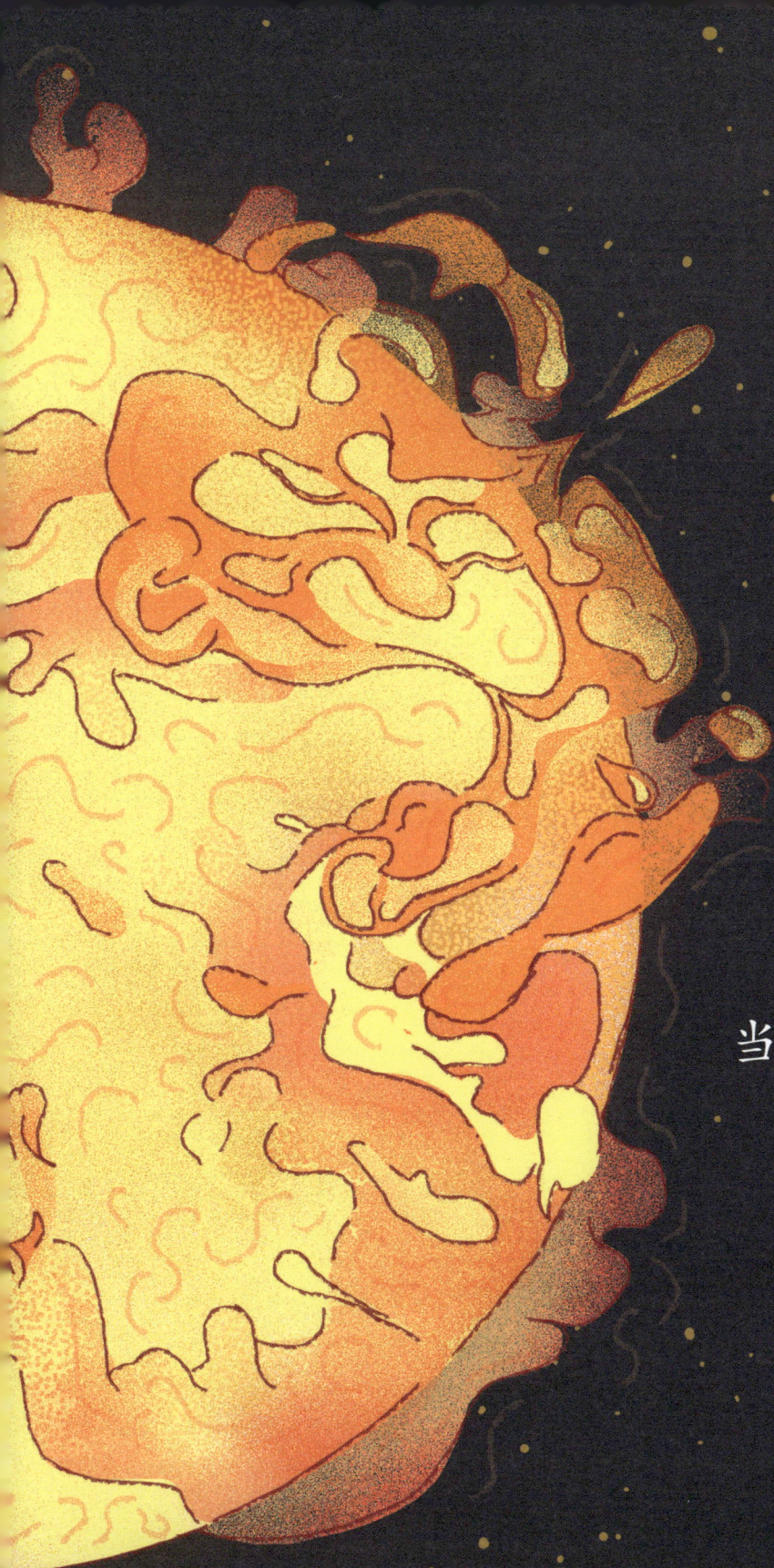

这是因为在我们的太阳系中，
太阳是质量最大的天体。
它到底有多大呢？一个太阳里
甚至可以塞下**100万个地球**。
还记得我们刚刚说过的吗？
当物体**很大**时，引力就会很明显。

地球

你想感受没有引力的生活是什么样的吗？
我们可以前往空间站去参观一下。
空间站绕着地球不间断地进行惯性运动，
所以对于空间站内的航天员来说，
就像没有引力束缚一样。

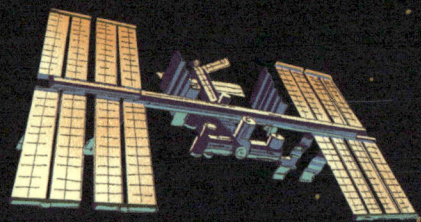

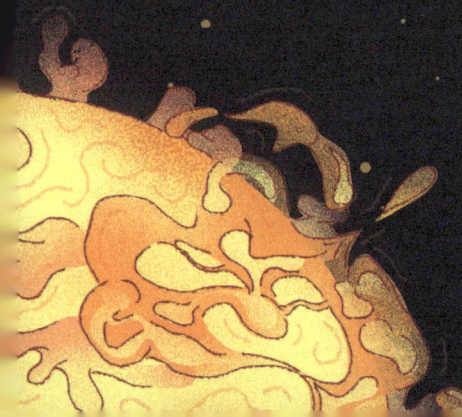

你坐过下落得很快的电梯吗？
当时你有马上就要从地板上**腾空而起**的
感觉吗？其实这就**有点接近**空间站里
航天员的感受了。

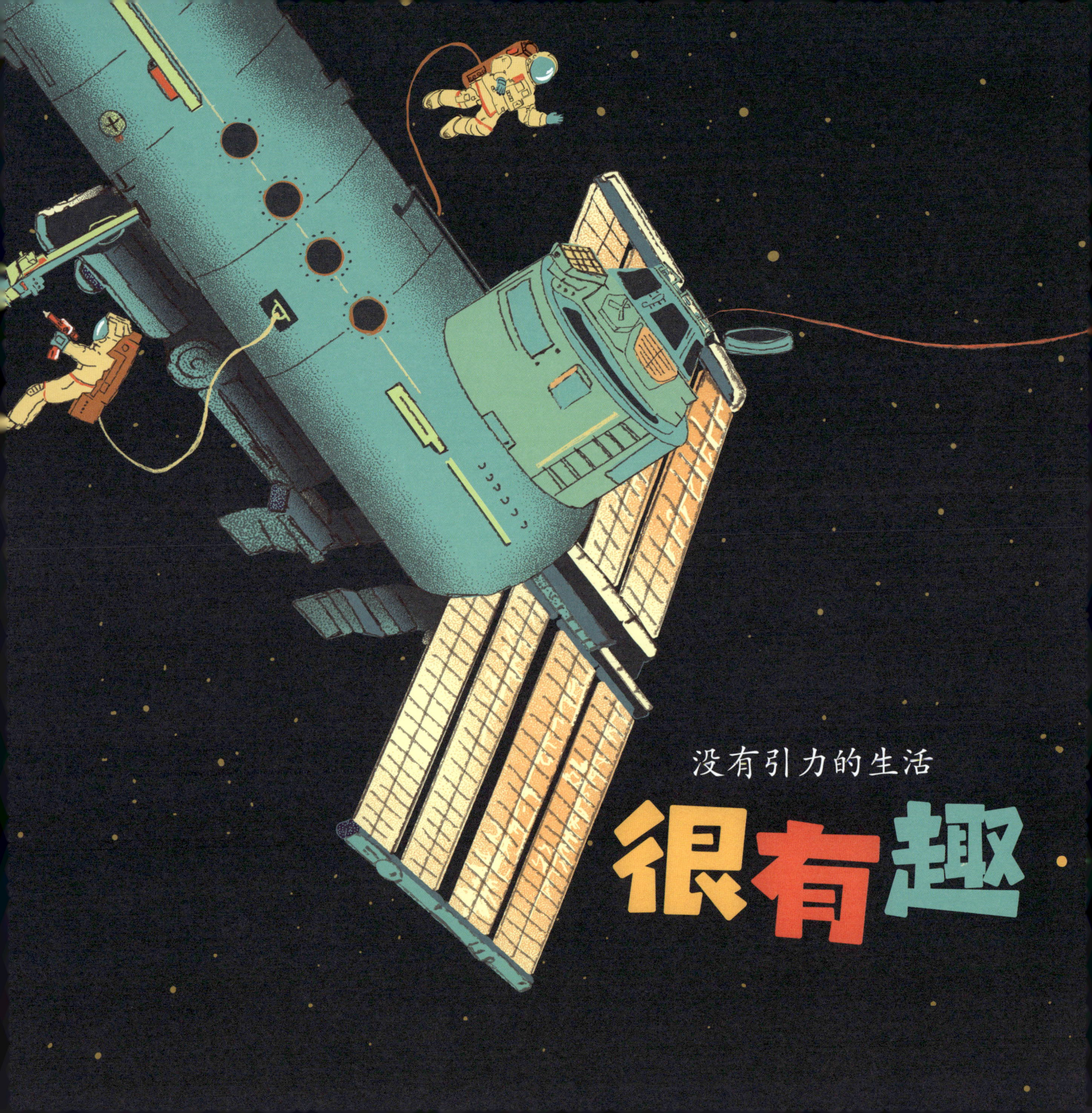

没有引力的生活

很有趣

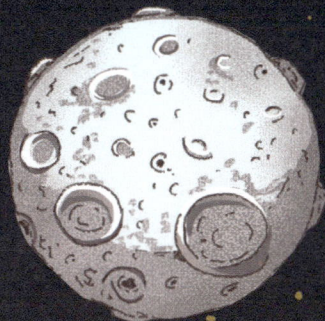

但也会变得

复杂很多。

如果你讨厌引力一直向下拽你，那么一定要换个角度想想，
没有引力的话，你就……

不能
在床上蹦

不能
放松地泡澡

更不能
在早餐吃到玉米片了*

*另外，假如没有了引力，我们时刻呼吸的空气也会直接逃走。仔细想想，这可比早餐没有玉米片可怕多了，是不是？

数百年来，人类一直在努力**克服引力的牵绊**。

到今天，我们终于取得了一些令人欣慰的不错成就。

但归根结底，是**引力**把宇宙中的尘埃
聚集在一起，慢慢**形成了漫天的星星**。

与这样的力量对抗，总是有一点点风险的。

吭!

引力小知识

艾萨克·牛顿是历史上最著名的科学家之一。他生活在300多年前。

当牛顿看见一颗苹果从树上落下时，关于引力的灵感随即被点亮。他开始思考为什么苹果总是直直地落在地上，而不是斜着掉落，或者向上飞走。

牛顿意识到，一定是有某种力量在把苹果拽向地面。那么，比苹果树高得多的物体还会受到这种神秘力量的拉扯吗？天上的月亮会被这种力量拽住吗？

这个想法太令人兴奋了。难道月亮围着地球转和苹果从树上落下是因为同样的原因？牛顿相信是这样的。

他想象在一个山顶发射一枚炮弹。炮弹最终会落到地面。如果换到另一个更高的山上，再换一架威力更大的大炮呢？炮弹肯定会飞得更远一些。那么，假如他能找到一架威力足够大的大炮，炮弹理论上就能飞得很远很远，甚至远到炮弹的轨迹与地球的地表弯曲度一致。当炮弹速度合适时，它永远都不会落到地表，而是一圈一圈持续地绕着地球运动。此时的炮弹已经处于绕着地球运动的轨道上了。

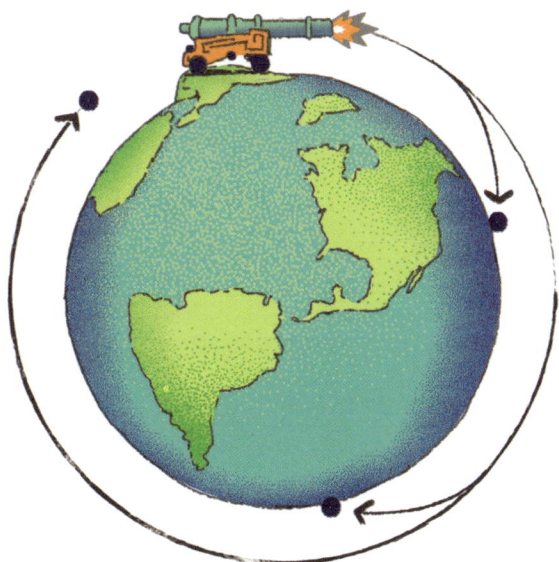

牛顿大炮

　　自牛顿提出万有引力定律后的200多年里，我们关于引力的一切了解都来自他的那个灵感。

　　直到1915年，一位名叫**阿尔伯特·爱因斯坦**的科学家发现了关于引力的新理论。牛顿为我们描述了引力的现象，而爱因斯坦则开始解释这些现象是如何产生的。

　　爱因斯坦意识到，引力来自质量巨大的天体，它们使附近的空间和时间发生弯曲。这有点类似你站在蹦床上踩出来的曲面。

　　他还意识到，引力不仅会使物体下落，还有一个更加惊人的作用——使时间变慢。实际上，地球附近的时间流逝速度要比高空或者外太空的时间流逝速度更慢。这是因为地球质量巨大，引力作用也更强。

　　这就是不可思议的引力。但这并不是它的全部！

　　直到今天，科学家还有很多关于引力的疑问，这些问题无论是用牛顿还是爱因斯坦的理论都很难解释。世界各地的科学家们都在努力攻破这些谜团，希望有一天我们能对引力有更深入的了解和认识。

引力小实验

用这个简单的小实验感受引力的作用
（最好去室外的草地上进行！）

1 准备两个大小相似的塑料水瓶。

2 一个装满水并且盖紧瓶盖，另外一个空着。

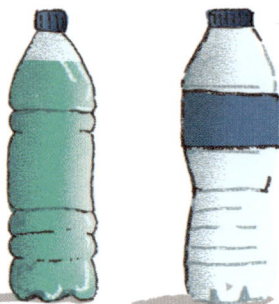

3 分别感受一下两个瓶子的重量。如果你从同样高度、同时松开这两个瓶子，你觉得哪个会先着地？

4 扔瓶子，然后找出答案吧！

你看见了吗？这两个瓶子是同时落地的！大多数人都曾经见过羽毛或者蒲公英飘浮在空中的场景，也见过一张纸慢慢飘落到地上的样子。所以大家自然而然地认为，在引力作用下，轻的物体会比重的物体后落地，但科学家已经证明了这是错误的。

像羽毛或者纸片这样轻飘飘的物体，由于空气阻力的承托作用更大，所以下落得比较慢。但是大多数物体无论轻重都会以相同的速度下落。尽管引力对于重量较大的物体作用更明显，但越重的东西移动起来就越难（你只要试着想象带大象散步的场面就会明白了！）。这两种因素相互抵消了，所以不管物体轻重它们都会以相同的速度下落。

1971年，美国航天员**大卫·斯科特**用实验证明了这个结论。他在月球上以同样的高度同时松开了一把锤子和一根羽毛。由于月球上没有承托羽毛的空气阻力，所以两者同时落到了月球表面。你可以在网上找找这段视频。